U0501374

＋第39届青春诗会诗丛

《诗刊》社／编

李越 著

劳作圆环

长江出版传媒

长江文艺出版社

39 青春诗会
Youth
Poetry

元复诗歌基金支持

李 越

1986年出生，甘肃永昌人，甘肃省作家协会会员。作品发表于《诗刊》《十月》《星星》《飞天》《扬子江诗刊》《黄河》等刊，被《诗选刊》《作品与争鸣》等转载。出版有诗集《巨石之响》《光影赋格》等4部，入选第8届十月诗会，获甘肃省黄河文学奖。

目录

车 站

无法拒绝那些光。
我写这封漫长的信
在六月轻薄透明的午后。

车站泊满了光斑。
各式班车涌入、开出
交换鸣笛，切磋长短。
喧嚣说：这里是繁忙的人世。

难以想象它们经历了多少
最后近乎迅速地散开
像桌球开场漂亮的一击。

劳作圆环

圆弧在地平线上闪耀
银镰缓缓地浮动
盼望着收割以完成自己。
没有它，它什么也不是。

明亮的铁锈被夜鸟啄食。
大熊星座的巨斗翻转。
斗转星移，掌握时令
欲在四季中完成那圆环。

我们在天象中轮转
随漂移的房屋浪游
巡遍周天，绘制那星宇全图。

未及之处尚要廓清，
我们看到听到想象到
这伟大的触手可及。

新的一次呼吸已跑遍双肺
无法逗留，绵延岂可止息
未来安能悬止于此刻？

蛮荒之地令人难以忍受。
风已吹遍。耕种的意念流行。
脉搏与浪涌相互感应
家园在手前等待被建造。

平野之心解除了封冻。
春水泛起，土壤潮骚，
肥厚的子宫等待其着陆。

西风吹送着阵阵"布谷"
田野的繁忙势在必行
劳作的圆环缓缓开启。

光
——夜晚安装灯箱的一幕

现在，他们懂得面临
朝向那伟大的手艺
光所来的地方。

他们自身也有了光
并将其转递出去。
可以好好看看它了：

文字所在的平面上
攒射出万道光芒
明亮又发毛，生长着
能量的三千丈白发。

他们忧愁地观看
在看中迅速地衰老。

人人向死而立。
它，事件视界，
像个绝对的界限。

闪耀的光圈吞噬
无物能够逃脱。
他们迷恋那"物"
像黑洞吸引着他们。

渲染文字的光
也渲染着他们。
不稳定的电流
使渲染浓淡不均。

他们想改善这种差别
以使定律普遍适用。
技艺需要克服自身。

造物使他们发光。
他们让城市发光。

野 望

犬吠：声波探测着夜空。
空洞的回响使它们
恐惧，狂吠不已，
像拉响了防盗警报。
黑暗中羊群站着
紧张地咀嚼
唇齿间挂满了白沫。

屋顶眺望的眼：
斑斓的地平线
在两颗明珠里燃烧。
带状银河缓缓倾洒。
众树潜伏，树梢
交头接耳互换情报。

我伫立不动，像个容器，
万物往里面灌注。
即使闭眼，仍感受到
星河流动在体内的钟上。
两座遥相呼应的钟
时时隐秘地相互校准。

大脑皮层闪耀着星图。

神经连接出半人马座。

星球的电波传输脉冲

冲击着神经组织。

头脑的宇宙呼应着外部宇宙。

瓜　田

缓缓流动的夜空下
三角形瓜棚抖落星点。
藤蔓连接的果实
或是那原子的根据。

瓜秧羁縻着迷彩星球
他发现其中微妙的联系
并终将深谙这道理。
土壤肥厚的温床上
水分、养料秘密地传输。

枝蔓舒展，摸索着前进
而叶丛下潜伏的
军绿色钢盔按兵不动
伺机发动进攻。
绿色瓜田里杀机四伏。

众多星球呼啸着远去
被风沙打磨得更加暗淡。
透明星球塑积得更大
在叶片上滚动，

碾压，收纳着世界。

星光从棚顶的缝隙里泄漏。
眼瞳的圆井盛满星点
并被一遍遍摄取
载入记忆芯片。
脑筋运转，巡遍周天，
讯息的光点熠熠闪耀。

离 乡

自行车啊自行车
吊儿郎当的自行车，
骑着它驶向橙黄的圆月

缓缓钻进一个圆，
转着螺旋推进纵深。
螺母拧紧时间的螺钉。

他在屋顶上骑车
车轮撬起人字形瓦片。
在屋脊一端凌空
跨越，像一个慢动作。

狗叫声连成一串
像不同凡响的鞭炮声
炸响南方的空旷
夜空的穹远和宇宙的寂寞。

他缓缓地抬起车把，
自行车凌空飞起
像行走在一条隐形钢索上

开始背井离乡

奔向千里婵娟的漫漫长路。

梦

他挣脱梦魇的重压
进入另一个明亮的梦
陡然一晃混杂在人流中
沐浴着阳光的温水。

毛孔海葵一般舒张
探出细腻而敏锐的绒毛。
操场边的乳白色围栏
被阳光清洗得明亮耀眼。

他们从荫翳的梧桐树道走出
像一群真相大白于天下，
阴郁的情绪被暴晒
喧嚣的浪潮涌向欢愉的岸。

他在三岔路口使劲地辨认
踏入食堂昏暗的门
却发现其中空无一人。

灶间闪烁着幽冷的光
冰冷的水珠缓缓渗出

垂挂一幕淡蓝色的珠帘。

门外大雨倾盆，雨滴
撞击出无数的坑洞
遍地盛开着泥水的脏花。

水流在沟壑间欢唱。
球场上泥浪飞溅
足球甩着泥巴宛如链球。

球网捕捉着雨水
但得分迟迟没有来到。
纤薄的球衣将他们紧紧包裹。

前　夜

喧嚣的浪潮已经退去。
公共盥洗间的水龙头上
滴水声测试着建筑的空灵。
地面积水往地漏汇集，
在狭长的管道中
一下下敲打着深夜的更。

起夜人掌间的爆破音
或响亮的弹舌
声控灯无声地回应。
隔板的门扇吱呀怪叫
以啪的一声尾音消散。

窗外，汽车飞驰
寂寞的街被惊醒。
焦虑挼搓着心灵。
神经流的高速公路上
混乱的传导狂飙猛进
疯狂地制造着交通肇事。

五内燃烧着连天大火。

思绪翻涌，来回扑打
将我推挤着往前挪移。
我将接受，在劳力市场的
回形通道中逡巡观望
向社会这老板提交申请。

夜间劳动

板材一声不吭地躺在地上。
闪亮的地平线上
带状银河缓缓升起。

他们在群星间跨步
来回搬卸材料，
回到原点，做无用功。

灯箱上，沉默的汉字
在时光的绵延中淬水。
技艺：深藏的矿
等待发掘，工具等待上手。

钢钉在木板中前进
电钻声在耳道内前进
热火朝天前进、前进……

他们急切地敲击、摆布
钻研已热不可当。
两种耳朵快要被刺穿。
榫卯契合宛如一体

玻璃胶缓缓地冒出。
灯箱广告在胶合中巩固。

通电之后，文字开始
具有生命。劳作熠熠生辉。
他们熟稔这技艺。

他们放声朗笑，以此
探测子夜的幽深。
夜漏中，劳作的泥垢
附着、塑积，逐渐肥满。

老 年

—— 一位丧子的老人

一道笔迹突然终止
书写它的人仍在看它
仔细判断其走势，
记得它，虚构在场
试图掩盖那真实；
或者来一场恸哭
让雨水清洗世界
使其动荡不真。

泪眼：犄角晶莹透亮
泪液黏腻，难以沥尽。
纠缠无法断绝
唯有生硬地斩断，
而死亡的不甘在于操心
灵魂紧紧地偎依搂抱
虚捕着一具躯体。

儿子：我比画着他们眉眼
感受那一把把倒悬的银镰
有前所未有的柔软。

我比画着他们的驼背
被飞沙打磨成鞠躬。
滞涩的胡笳声哪！

并无实体，唯有比拟
扭结着某种关联
使操心逗留，不忍远去。
我终日踟蹰观瞧
想等到地老天荒，
而他们凝立发呆
如两只疲敝的秃鹫
身披着大氅伫立发呆。

屋檐搬运着光影
星斗翻转着天穹
日子在年迈的犍牛前虚晃。
明媚的阳光下
他们愈发昏昏垂垂
白色毛发疯长
喑哑像被困于时间
无限的悲痛正撬起地壳板块。

象群经过

象群经过，地面雷动。
脉搏突突地跳动
冲撞大地的太阳穴。

出于某种生命本能的
原因，它们经过。
沉重的步履使大地
震颤，惊醒一路村庄。

阵阵惊雷贴地翻滚。
黄云里，手扶拖拉机
穿梭，拖着六边形的
铁碌子，欢欣跳跃。

耗尽心力的夏日午休
在大地的宣传鼓动中醒来
在窗棂嗡嗡咬着字音的
艰难中醒来，在墙体
抖擞的尘土中醒来。

谁能无动于衷？

唯有接受命运的馈赠。
何况饥馑狂轰滥炸
在神经的丛林拉响
理智警报的阵阵电铃。

唯有接受，跳出自己，
在每个恰当的位置
观瞧贴地而行的滚地雷。

田间地头、打谷场上
搅动着劳作的龙卷风。
而浓烟里，拖拉机
连串的咳嗽像一种反讽。

致　谢

劳作者咬紧着牙关
以隐忍蓄积更加强大的力。
抬起爬犁，拨弄茎块
使其脱离对强力的贴附。

沃野绵软，云海浮动。
百亩田间油菜籽播撒
五指的钩爪牢牢抓起

弧形掠过腰际，倾洒出
内径稀疏的半个檐帽。
盈满的提筐被掏空
有换作空，以待更多的有。

熟练的手艺总能使圆满
找到一种无序的协调
像是其自身努力的结果。

他们隐匿，但大地不自有，
它馈赠，通过生育众多。
大地的丰饶之神笼盖四野。

它总让出，愈往上
便愈给予更多的空间。
我们接受这馈赠。

那更多命运已给予的
我们无法拒绝
像湖海无法拒绝天空的倒影。

我们感谢，永远躬身劳作
诚挚地鞠躬感谢——
这劳作唯一的姿态。

劳作圆环（二）

圆满饱含着欲望，策动分裂
潮湿的愤懑使其鼓胀
胆汁骤聚，终于
勃然大怒，轰地炸裂
抛脱自身而走向下一个圆环。

多毛而有力的根须
充满攫取生命的强大意志。
茎管催动着墨绿色汁液
细胞的薄片飞速流转。
植株的城堡中，绿云聚散
闭合的嫩芽缓缓张开。

雷声在云层中传导扩散
雷霆的涟漪震动天宇
留下电光石火的冰裂纹。
闪电犹如记忆
猛地曝光又逐渐消隐。
雨水冲刷着叶鞘周身。

夜间，水渠低唱着慷慨之歌

他蹲坐在田间地头谛听。
风吹叶动，繁星明暗
烟头一闪一闪，明灭不定
应和着乡间的摩尔斯码

硕鼠之家被大水漫灌
一家老小流离失所。
草虫仓皇地逃窜，紧抱麦秸
蚍蜉撼动大树。
瓢虫的迷你汽车向上疾驶
主茎原地将自己拔高。

拔节时令

羊群翻滚着涌向暮色。
母鸡抱窝。
木架上，公鸡打盹
骄傲得像一名封建家长。

村狗像在密谋，
闻风而动，一呼百应。
茎秆的拔节声嘎巴作响，
一度使它们大惊失色。

麦穗的箭翎缓缓抽出
灌浆在它们体内奔起狂涛。

时辰已到

啊，致谢的时辰已到
籽实更加饱满圆润。
秋风将成熟的芬芳传送
以飨劳作的圆环。

春种秋收，夏长冬藏，
无人可以将其按下。
康拜因在麦田中滚动线团。

一束粗壮的种子急流
圆满在车斗中飞溅
掺杂的尘土被扬弃。

沾满尘埃的沉重肉身
在众多圆满的籽粒中陷落
于圆环的闭合中得偿所愿。

亿万个告解的赤子
在丰实的仓廪中钻进钻出，
泅游，进而安稳下来。

铁舌卷食

铁舌卷食着麦穗。
机身颤动，麦粒漂移
逍遥而迷茫，需要
一双大手将其拨入轨道。

脱粒机的钢铁大口中
麦秆如此粘牙
在滚筒的齿条上绞缠
排出一卷卷金黄的傲子。

筛网左右摆动：
沙滩筛动着海潮。
彼此推动向前开来。

机械的神奇令人振奋。
操作如传送带
之于齿轮，紧张而忙乱。

机器飞转，效率
榨取着时间的精油，
而劳作提炼着汗水、油脂

使肌肉鼓胀、抖擞。

劳作：身体与农具的较量。
影子在大地上格斗。
我们由此处来并复归于此

处处是劳作者的胎床
和坟冢。影子操劳，
起起落落，忙碌已到极致。

食　事

黝黑的巨大铁锅里
浓汤咕嘟，说着腹语，
面鱼儿翻飞，窜进窜出。

菜蔬的红船绿舫飘荡，
食物以鲜香垂钓
最深的欲望。馋涎四溢。

铁锅噗噗吐气
在酣睡中推演着吐纳之法。
灶火间云蒸霞蔚
山野精灵的暗影浮动。

香气绕梁雕龙，牢牢盘踞。
蛟龙缕缕潜入你
直抵那神经中枢
催动着腺体汩汩生津。

莹润的籽粒吸食水汽
在愈发地肥胖中膨胀
崩裂自我，炸响全身，

复制我、分裂着自身。

生长：与自我的决裂。
肥胖的供养人抬升平面
在碗中拱起孤尖
升腾着缕缕香篆。

餐桌前，他的面颊：
绝壁伴生着莹白的籽玉。
觳觫的米粒孤悬。

赝足的笑颜之花绽放
带动它微微抖动。
应该放开那碗
任由它无限地空旷。

狼吞虎咽之后
肚肠的辘轳停止搅动
断肠之痛消弭无踪。

他抚触着滚圆的肚子
身体沉沦于旃檀
多巴胺投喂着甜蜜。

未来城市

城市：光影斗兽场
霓虹把楼体武装
使之亮出慑人的牙齿。
走兽潜行，相互周旋
合金战车低吼着威胁序曲。

灯束挥舞着权杖指天指地
扫视一切，炫耀权威。
技术建造实体也建造话语。
城市：巨型大脑——
意志的灯盏坚定长明。

机械片刻不停地运作。
机巧灵敏地扣合跳脱。
咔吧一声后，又一批人
像紧挨的菌菇，顶着
灯光的伞盖，被送往地下。

太空电梯：胶囊被运送
往人造卫星密密麻麻的家。
光点闪耀的金属环带

绕星球之腰缓慢地转动。

被遮蔽的天空，阴云
成日翻滚，阳光无功而返
继续在外太空流浪。
虚假星球闪耀着光点
在云层的缝隙中偷眼观瞧。

小巷间

阳光下，墙壁抖动薄翼
你紧贴着作茧的正午穿行
想隐入其中，却被它推开。
你盯视，乜斜着眼睛
阳光的螺旋扭动螺纹。
质押合同上摁下指纹。

巷口红色的圆形印戳
火漆耀眼，封印
东方那封巨大的信
而腋下一沓沓信封存着秘密。
你背负着血红的巨轮
难以忍受身后的炙热。

一沓沓被装订成册的
关于文明的信，你轻轻一掖。
在每日来去、穿梭游荡的
巷弄间张口，吞火红的炭
熔炼出低沉嘶哑的嗓音
一骨朵喉结嘭地炸裂。

雪夜出租屋

出租屋伪装于姑息疗法
大雪将它埋葬
冷冽的白喝着阴郁。

天地被抖亮，并非
猝然以成，而是一下一下。
一扇破旧的门翘曲。

他盯着自己小宇宙的
翘曲点
脑中星空璀璨，斗转星移。

生铁炉膛、炉盘、烟囱，
浓烟滚滚，涌如泉眼
云图在承尘下盘旋变幻。

风暴将至，摇滚乐更加疯狂。
磁带中转轮飞旋
虾线快速地滑转
MP3迎来咔的一声骤停。

昏黄的灯光照着污黑的被褥。
破屋在曲折的裂隙间呼扇
窗玻璃格楞楞作响
将寒冷递交给牙齿。

飞雪扑打、埋葬，房屋深陷，
翘曲的门被推动。
他一步踏入，从光走向光
雪地接纳了手电的灯光。

冷气灌入，肺泡鼓胀，
蜂房挤压着蜜涌
蜂巢紧紧地抵住胸壁。
孔雀更加肥胖而苦闷。

检查站

夜间记忆：雷电惊鸿一瞥
交通检查站被曝光。
他们在那光中跑动
紧急战备瞬间启动。

隔层中，几双恐惧的眼睛
大睁，盯视黑暗，
窥见那即将到来的。

忍耐的极限已近
剧烈的喘息使他们起伏。
山峦无法扑得更低。

惊恐的脸发亮。
坚硬的脚步声逐渐深入。
手电筒光束乱扫。

打开地窖，收获第二次窖藏。
他们点数人头，将其
驱赶下车，排成一队，
他们耷拉着脑袋，像犯了错一样。

点点星火在地平线上跳动
审问的回声在旷野扩散，
故事回环迭进，讲了一宿。
群星更加快速地远离。

夜　读

光明充盈居所，溢出门外。
灯光古旧，同我一道
追逐句读，读昨日，
读《公路上的孩子们》。

夜在万物中提炼露水。
蟋蟀急促地呼哨。
按蚊叫嚣，徘徊侦察
用口器刺探，钻开血井。

劲风流窜，叩响门扉。
红色锈斑在记忆中磕落，
花瓣栩栩如生
散落在水泥墙脚

亦散落在铁皮烟囱
和松动翘曲的铁门下。
蝶群哀伤而不动声色。

遥远的夜空传来鸦雀之声
"黑色鞋底越过我们头顶"

"人"们列队去往南方。

我们只能在夜间奔行
身披群星，追逐句读。

闪　耀

灯光开始时先跳了一下。
小孩们不停地拉着灯绳
从中找到无穷的乐趣。

电灯熄灭时，钨丝
像曲折通红的伞缘。
树叶在路灯下闪烁，

风声借绿色的舌头说话。
老人枯坐，静静地谛听，
听自然四时、天道秘密。

有时，风雪在窗上扑闪
在被生计发配，额角
打了金印的旅人周身扑打。

屋内热气翻卷，炉火正旺，
黑铁茶壶里沸水翻腾。
老人吸烟，烟气翻滚

深夜的鼾声如雷翻滚

梦里金黄的麦浪翻滚，
穗头沉甸甸，反射着阳光。

思维的光点在头脑中闪烁
婴儿床头旋转的八音盒闪烁
母亲胸脯轻轻地起伏。

每个生命在人世上闪耀
每个星球在宇宙中闪耀
每个宇宙在弦上闪耀。

独　白

我走着，在初冬茂盛的
柳枝间与薄寡的月亮对望
臃肿的身影缓慢地挪动。
汽车的呼啸声催促着归家人。

盲道引人注意，身边经过的
外地口音阐释，和他的女伴
均蒙着面。他们散步，
美丽的花口罩下谈话俏皮。

我书写，面对严峻的考验
读者大众将把我审视。
我也想轻松谈论，但我
不是蒙面客，面具之后无诗。

我的内心，那婴儿，
双臂赤条条挥舞着力量。

诗 艺

——致古马、阿信、贵锋、晓琦诸师友

在过往的某个冬夜
他们穿过空寂的大街
穿越整个寒冬
高声呼喝、谈论
好像坐拥着整座城

他们穿越绿地、楼群
来到湖滨，面临那
浩大而冰封的湖面
言说并彼此聆听
没有人注意到
湖面下微妙的反应

水流微弱的嘶鸣之声
不，脉管中血流的
急行军，像准绳
挥舞着 biubiu 之声
人人攀跳着自身的高度
以血流挥击速度之鞭
他们用好手艺攀跳

他们掌握那节奏

面对眼前这块巨大的璞玉

他们长久商议

如何将其打磨成为

一颗通体发光的美丽星球

残 雪

月亮与白雪交相辉映。
满地的碎琼乱玉
像辞藻堆砌，密如白昼。
凝固的白浪——
海的欲言又止。这羞涩。

路边被推起的雪堆上
斑驳的泥巴溅射如飞，
与呼啸着席卷而来的
夜色不同，它们沉默
保持生命喷发时的一瞬

积雪附着于黝黑的枝干上
散布于树杈之间
以及街衢、屋顶、广场、
山头，一切敞开之处。
雪说：这是我的去处。

那被遮蔽的无法触及
因为我便是遮蔽。
顺着树干、河堤、露天雕塑

像一个比喻，我
紧紧地附着在敞开之处。

并无自性，所以我附着，
飘落在敞开之物上
摸索着它们的轮廓
模仿它们以成就自己。
雪的修辞，赋形之旅。

影　子

我，追影子的夸父，
愈追逐，它愈不可及
纵然我们孪生，惟妙惟肖。

抓取的手在草丛上投下暗影。
一把无实体的抓钩
影子在墙上快速地游移。

水面上伫立不动的人
一直往悬崖深处投落的人
转而将自身投射在云朵上：

长颈鹿伸首在云杉的高枝
卷食树叶；或微缩为
矮墩儿，伪装成海獭、河狸。

多角度的照射下，它分身
为三、为多，投往不同的方向，
左顾右盼，首尾难顾……

路灯——电子烟头被熄灭

阴影消失，轮廓消失，身体消失，
这伴你左右始终沉默的伙计。

你仰天大笑，它微微地倾倒
你捶胸顿足，它像不知所措
你手足乱舞，它亦手足乱舞。

你愤怒、咆哮、大发雷霆
它笨拙又显得轻蔑，像对你说：
要么追逐我，要么消灭我。

球形灯盏

树林中的球形灯盏：光的巢穴中
一窝光的幼崽嗷嗷待哺。
在幽暗的树丛中，它们渴望
倾巢而出，怒飞去往八方。

雏鸟叽叽喳喳，争论不休
一再表达着强烈的意愿，
但还是被浓重的黑暗围困
沦落为光巢的囚徒。

黑暗的宇宙中，斑斓的星球
困于星团，与此处遥相感应。
从百光年外看去，它们
漫漶难辨，像作茧自缚的
渺小蝶蛹眨动着眼睑。

现在进入开阔处——
一盏盏路灯，光的海胆
旋转着细长而尖锐的刺
像交替左右旋转的螺旋桨
或谨慎驾驶的光的方向盘。

簇拥它的树真正沾了光——
枝叶通透像一树林水晶
在夜空中肆意舒展，摇曳，
在生命的癫狂中落尽繁华。

雪　夜

乡村的地平线上
光斑闪耀，明眸善睐。
夜色像水洗一般通透。
灯光的胎形
在夜的羊水中缓缓浮动。

黢黑的夜被灯火点亮
月光倾洒，将我笼罩。
我仿佛重新回到童年
一个雪夜，枯树形销骨立，
我与它并排地站着

望向八方，穷极视野，
感到未来从未如此广大。
我向无数个方向奔跑
有几次我被薄雪滑倒
猝不及防，像被突然曝光。

夜色温柔地怀抱着我
我感到自己如此明亮
如明澈通透的婴儿

在夜色的羊水中

缓缓地浮动，遨游无极。

路灯下

有多少束灯光
就有多少个舞台。
灯光打在树叶上
叶片的群舞耀眼夺目。

在细雨纷飞的春夜
路灯口吐着飞沫
发表激情的演说，
路人是黑暗中的观众。

在溽热的盛夏之夜
一团蚊蚋围绕着它
飞舞、翻腾：
一个被烦恼包裹的头脑。

狂风之夜，路灯
如透明的砂轮
打磨着夜晚的铜胚，
不断调整着抛光面
使形状臻于完美。

大雪纷飞的冬夜
雪花轻盈地曼舞，
孤独的路灯下
你看到一种神性降临。

有时街衢空无一人
有时有一个主角
焦虑或安静地等待
在这通往未知的站台。

她等待一个人、一辆车
或一座城的惊变；
或者她并不等待。
路灯下一个看风景的人。

此刻，路灯静静地照着秋树，
使银杏的树叶变得通透。
我仰望这明亮的通道，
愈加地陷入光的旋涡。

与星球对坐

建筑低矮、视野开阔处的
万里云翼正是鲲鹏的翅膀。
浩渺的星汉在我面前铺展
一轮巨大的圆月与我对坐。

粉红色的星球近在咫尺。
屏退四野，端坐在地球一端，
敢问你那是否也有一人端坐
看着我这幽幽的蓝色星球？

遐想而已。那里了无生机，
运行漫无目的，突然的撞击
使你五内震荡。经历了
许多开始事故，你开始变得圆滑。

某日，一人俘获你的芳心，
你们绕伴周始，但小行星
突然介入，蚀刻出环形的湖，
你又被情欲的挑逗所触动。

思想之树

三岔路口将人群分流
进入各自的轨道。
我有思想的三岔路口
像大树分蘖出许多枝杈。

金子般的叶片
颤动在树冠之上。
它们占有制高点，
俯瞰地面，保持着高傲。

夜间，浓重的雾气
像被什么搅动
紧紧缭绕着它们。
叶片成为一种精神的存在。

黄河湍急地流淌
紧张地吞咽着巨大的卵石。
昼夜转换，时间飞逝
而卵石的吞咽不紧不慢。

光影闪烁，时令变迁，

金点子终日摹写着恒常。
这书写，唯有书写流传
唯有以期恒常的摹写流传。

我们不停地记录，笔走龙蛇，
语词：艰难的跋涉。
我们重复，奋笔疾书
应物象形，抵达那恒常大道。

感　官

车灯缓缓推移的光柱：
黑夜的栓体像一枚子弹
一路凿空，打开物
使被遮蔽之物敞开自身。
我盯视：光的飞矢不动。

它们也在我身体里滑动
推穴过宫，无所不在，
在皮下，使人麻痒难当；
在表皮处掀起褶皱
使沟壑展露于光照之下。

更广阔的疆域在这里
它穿行在血管中
顺滑无碍，像洄游的鱼
投落在深水之中
鱼雷一般地迅捷。

两道车灯交叠的阴影
光明与光明相加而得的阴影。
黑暗之重集中于一点——

贪嗔痴、怨憎会、求不得
光波曾经巡察到这些隐疾。

现在，光的栓体
投影在精神的领空
游移在漫无边际的黑夜。
在风雪交加的夜里
我思绪如麻、如风似电。

暴雨稍歇

暴雨稍歇，城市面临着内涝。
但他们难以预料，总是
在错误时间做出错误的决定
顶风冒雨，接受冷冽的击打。

积水中，电动车深耕着
深黑的水面被劈出雪白。
大开大合的伤口喘息
水波在扩散中迅速地平复。

他们往城郊行驶许久
他们本想去往市中心。
背道而驰的迷离饱含着辛酸。
楼群晃荡不居，难以接近。

经过漫长的迷途之后
他们终于钻进那漆黑的门洞。
阴云在天井上方奔腾不息
屋檐的泪目上垂挂着泪滴。

他抽出电动车沉重的电瓶

脚步踉跄地踏上二楼。
电动车依靠在水泥廊柱上
终于得以有片刻的喘息。

他折转穿行在回形的廊道
杂物堆积使这里宛如密林，
而蚊蚋已经在潮湿的
夜里集结成巨大的叹号。

继　承

我们从别人手中继承这房间
连同里面所有的陈迹。
我们间的联系从这陈迹中来。

风吹着门扇，整宿噼啪作响
像一座城池快要被攻破。
天长日久，他们已不再惊惧。

夜里的梦新鲜而陌生
他们闭上眼就来。
几只绿头苍蝇快速地搓手，

梦境使它们焦虑。起飞后，
低空轰响的战略轰炸机
投下暗影。呓语开始对话。

狭长的出租屋敞开生活：
烹调的香味无孔不入，
烟火的乱流在墙上涂抹。

燃气灶上，黑腻的油脂塑积。

文字仍在小孩的书本上诉说。
打下通铺，他们席地而睡。

月光被风吹动，在屋里晃荡。
缓缓起身梦游的人走动，
房间的陈设在光亮中显现。

月光下，朦胧的房间如此真实，
他们开始抛弃短暂忍耐的想法
尝试继承发生过的生活的所有真实。

车　流

傍晚，车流大军在十字路口
合流、分流。你混迹在其中
经历一种陌生而有趣的变幻。

有那么几个时刻，你仿佛
迅速接近前面的人，而拐弯
在一个刁钻的角度将你甩掉。

劳动者的大军叮叮打铃
骑行途中掉队落远的话语声
被后来居上的耳朵听到。

这有点像你现在，经过
终日旋转变化的城市
在每次拐弯时被车流甩掉

掉队落远，直到另一支队伍
将你吸纳，城市被动作
更加迅捷的黑夜所笼罩。

迷失城市

暮春三月的一个夜晚
我骑着自行车行进
被困在城市巨大的迷宫中。

走出去的强烈意愿
使城市的灯火急急燃起——
万千只斑斓的眼瞳扑闪。

一双巨大的眼在空中俯瞰
被整齐分割的铁青建筑
以及明亮的车流。

密集的摩天大楼
像陷马坑中的钉板
随时准备向上迎击。

偌大城市的街巷中
漫长的骑行使他大汗淋漓
慢慢地蜷缩下身体。

自行车呈现三个圆环:

两个空心，一个实体，
辐条规则地反射着光点。

月光下，街巷交错缠绕，
他左右冲突，想冲破迷宫。
道路四通八达，无往
而不至，这反而使他困惑。

庞大的城市震慑着他。
他开始注意眼前拖长的影子。
他突然转身，发现
巨大的圆月正停靠在街口。

初来乍到

他初来乍到，在交叉路口观察
寻找一条更加友善的街。
他不着急选择，保持慢镜头
街景在瞳仁中缓慢地移动。

烟草在指间自燃，像一种
对时间的放松：这里有一段
较长的绵延。而有时，
香烟在急促的喂吸中闪亮。

他走走停停，鼓胀的行李：
肩上驼峰已石化成山。
家的便携式。他把它放在脚边，
包裹在摆放中自由地组合。

不知不觉地他走进了黑夜，
发光的门脸吸引他走近
直到被店门所吞噬。
一条街面轨迹的磁力套索。

有几次，失败的阴影

有十几米长，佝偻的身形
近乎半圆。灯光给予他暗示，

旅馆前台的镜面使他发觉
自身背着一只丑陋的怪兽，
而没有一个人注意到他
靠近灯光时变得高大的身影。

墙

高大的围墙随走向折转
墙面剥蚀出斑驳的地图。
一张张隐没其中的
巨大面孔。悲喜之墙。

双眼紧闭：痛苦的脸。
五官拧巴：梦魇的脸。
眉眼难辨，口舌大张：
一张遥遥呐喊的脸面。
五官舒展：滑稽的脸。

墙面紧张而危险的张力中
它们隐现，呼之欲出。
历史通通概莫能外
总能在这些表情中找出。

精神史诗的长廊
逐渐在暮色中消隐。
耶路撒冷的阴天里
哭墙下黑压压的人群，
悲伤已疯长成野草。

墙头崭新的防护网上
麻雀的音符轻灵地跳跃，
清风弹奏它，深沉的《命运》。
明月在枝杈间穿梭
它已看惯了这悲喜人间。

谜

黑夜和白天相互靠着。
盛大的黄昏：白天与黑夜的
交战，大地上烟霭弥漫。

残阳如血，黑夜与白天的
鏖战更加激烈。杀伐
过后，江山大戏拉开帷幕。

血气萎遁，迎来了清凉。
晚钟敲响，白日退下
新的演员是否准备登台？

万物的表象渐渐消隐
幽暗的轮廓缓缓地呈现，
一个个凝立的形象。

演员们并未粉墨登场。
光影变幻之后，万物
呈现出另一种模样：

一个个潜伏的角色。

万物黢黑的脊背

像谜一样背对着你。

夜 行

灯光下，看你的移形换影。
橱窗玻璃上的惊鸿一瞥
你和自己的镜像照了个面。

你想走近，端详一下他
有多久你没仔细地看过他
跟他深入细致地谈谈了。

你始而发现，自己正
面对着一个陌生人：和自己
相遇，这是多美妙的邂逅！

你轻松地踩踏着自行车
和微风轻柔地会晤；或
使劲踩踏，与自身角力。

你还在迎面扑来的路人
身上找自己，你渴望
交谈，但执拗的沉默获胜。

你行走许久，蓦然回首

发现街上只有你自己，
抽象的人流在蒙克画中呐喊——

夜色从千里之外奔袭
携裹着浓重的乳白色雾霭，
使你深陷在自我的重围中。

追 踪

夜幕下的秘密追踪之旅。
行人像在彼此跟踪
在同向同行的归家之路上。

一座座移动的黑松塔
你走得愈久，愈对它
产生兴趣，这像是一种默契。

你猜测：她会在路口消失
但那里你们并排站着。
她没甩掉你，你也没跟丢她。

偶尔一瞬间，你左顾右盼，
黑山雀转动着灵巧的头脑
在公交站寻觅她的踪影
回首险些跟她撞个满怀。

交通信号灯把你们染红，
你们有同样的镶边
被同样的灯照 X 光
比较着影子的长短深浅。

你们依次进入阴影
并猜测彼此的表情。
同行的路人像笼罩在
谍战追踪的紧张气氛中。

独　坐

夜色已深，我没有睡去
我静坐在地球的这端
黄经 255°的西北一隅，
处于地球的阴影之中。

寒风在吹，吹颅骨的埙
胫骨的洞箫和胸肋的排笙。
凛冽的风破皮钻肉
深入骨髓，做细致的解剖。

我仔细地观瞧，但一无所获，
细听，风声中空空荡荡。
我怅然若失，突然听闻
空洞的内心长叹了一口气。

继而是寒风与骨骼激荡的声音。
我血脉偾张，血流尖鸣
纵然巧舌如簧、满口胡诌
寒风中满是内心忠实的声音。

黑夜宁静但八面来风

它吹着我滚烫的心——
舟舸摆荡，群星晃动，
情欲的火苗蔓延成连天大火。

回家后

高楼：竖立的橐龠拉奏破烂的风声。
圆形音乐厅的橡皮艇行驶在浓雾中。

车辆尖啸着驶来，又失落地远去。
电动车疲软地嘀嘀，想替主人说出疲惫。

门扉整晚乒乓作响，回家之门被打开
静候的房间和你拥了个满怀。

灯光并未亮起，你享受着夜色温柔
房间不断扩大、伸展，融入黑夜。

家具欲飞。电源指示灯睡眼惺忪。
冰箱嗡嗡作响。水管里流水欢唱。

窗外风雪突变，而你抱着孩子
笑问："看爸爸带了什么礼物？猜猜。"

与月对视

半轮明月在干枯的枝杈间，
我们遥相对望，脉脉含情
却始终难以厮守。困苦的过程！

多少人苦于赞美。在这寒夜
唯有它给予我古老的亲近——
凛冽、孤绝，横贯古今。

摩天大楼像在往上攀爬。
地倾东南，斑斑闪亮的
河汉，缓缓地向它流去。

朗声笑语从故乡的冬野传来。
你越发地和它对视
便越熟稔这素娥的侧脸。

春日公园
—— 怀念母亲

多年后的一个春日下午
明媚在她的身体里鼓荡
自我强大得像要破壳而出。
这种迷恋无法被剥夺。

花树招摇。绿叶上
光斑跳跃，交换着欢快。
一片片桃花阵在暮春
傍晚炸开，瞬间爆破。

劲风催动着花枝乱颤
震颤的心像要跌落。
夕阳的姿态很低
而万物的身影伟岸。

高温持续将空气催化，
上帝之手摇荡着试剂
阳光渐渐变得浑浊。

被漂洗的绿柳红花：

彩色的云阵凝固不动。
木桥向湖的中心延伸，
一柄把手想要扭转乾坤。

白色凉篷：鸥鸟将飞，
而她看守着碧湖潭影。
阳光搬动她身影，轻风
一次次托起她的银发。

回 家

车灯将村庄拉近，雪地人形闪逝。
风雪在野地吼叫，撕扯途经的小屋。

三点钟方向，疲倦涂抹着密林
如同风雪涂抹后视镜中的世界。

理智打滑，困顿一度钳制记忆。
我驾车行驶在下班回家的中途
家一如他乡——越来越远。

元 夕

孔明灯在远处游荡，无人观瞻。
元夕的房间沉默，万人空巷，
空气在喧嚣间标明孤寂。

时间静静燃烧，窗户使劲
向外张望，远方缓缓迫近。

人流像巨蟒潜行，忽明忽暗，
灯谜的图案在灯罩上绽出梅花。

我不时将自己换作辛弃疾
蓦然回首——
灯火阑珊处等候的总是陌生。

雨天樱园

灯光与夜打了个照面
晶莹的花朵旋即闭合

——收缩之前的水母
明亮如樱园的一个雨天

雨伞在廊檐下绽放
时间发霉，人面长满潮斑

一颗生于那天的水泡
在次年旱季咕哝一如当时

凌晨，暂居故乡的浪荡子
与梦说话，渐渐谈到此次会晤

梦

我沉入骊靬古城的梦。
城堡——古罗马军士的头盔
缓缓沉入地下。正午，
沙漠以其柔其轻飞快地更新城市。
午觉变色龙色彩尚未稳定。

枯树的独木舟沉海已久，
黄沙亲吻舵手，窒息海域。
你静默，不断张开臂膊
像把所有生机揽入其中。

异乡人无家可归，牵羊
在天空复制。羊群的倒影
在头顶上缓慢地流动。
你长时间看云，那边，那边，
身体伫立成苍老的胡桐。

马场之行

阴云在天边喷涌，天空
撒播着火山灰的黑色霰粒。

羊群滚动，油菜花疯狂地
涂抹着大地的调色板。

一匹马孤独地行走在夕阳下
影子颓丧成揉皱的纸团。

静卧河上的黑松阵缓慢行进
渐渐踏入新的雨季。

渔　村

渔村里，孤烟蛇一样猛然抓住美丽。
雁阵笔直——蹿动的省略号
为云朵装上了车轮。
蓝孤独地行走在列车身后。

钱塘潮

万人空巷。
黑线的脸和银线的脸
构成海浪众多的笑。

白色马群托起空气的大船，
潮水轮番灌溉着太阳。
马群咆哮愈烈，人群哗然跳脚。

等雨的人

初夏黄昏的乌云阵坍塌。
太阳葬礼中脱身的光束
从晚景的手电筒发出。

阴云密集，嘶鸣的灰黑马群
顷刻已完成了空中旅行。

等待雨落的人独自坐在街亭
瞻望天际电闪撕裂，在阴冷的傍晚
瞥见自己明亮的一角。

老人厨房

老人钻进厨房，面孔被铸入黑暗。
灶膛中，火光摸索着面部的轮廓
像盲人摸索着房间的布置，
皱纹变换着位置
严肃的脸被光影戏弄着。

椽檩黢黑，像火灾后的废墟
以焦黑诉说着往事。
椽檩如蝙蝠聚集、潜伏。

灯泡在空中打盹
突然被自己吓醒，惶惑得光芒扑闪。
树皮柴火——青白色的疤痕
堆积如山，被依次揭开。

一个身影在墙上涂抹
想把黑抹得更黑
把影子涂得更乱（老人用瓢从锅中舀水）。
灶膛中，火苗猛然翻身
替柴火喊疼，噼啪作响。

在阿育王寺

黑暗中，风暴的巨人
在屋顶打着尖厉的呼哨。
它吹我动荡的灵魂——
灯焰慌不择路地四散，而后站定。

门枢咯吱咯吱的嘲笑，
窗棂哔哔剥剥的激辩
描画着灵魂的形状。

放弃自我，才能看到
自己作为暴风眼的明亮，
纵然周遭风势凶猛
螺旋的绞杀逼近又远离。

我把灵魂的房间腾空
搬出无数家具：色相
而邀进一个并无实体的城①。

经卷上愈益拥挤的字词

---

① 出自托马斯·斯特恩斯·艾略特《荒原》。

彼此冲撞，终而走向了反面
——一枚立正的灯焰。
心灵禅定甫入，焰心紧抱成一。
灯捻的小蛇嘶嘶作响
强调着一种稳固的静。

外焰剧烈地燃烧
抗拒自身之外的一切
从而进入自身。

无念的一瞬
显现一座光明而空无的城，
火焰的城，屏住呼吸，

只从事于自身纯净的
燃烧，而忘记了一个
正在胶着的迷乱世界。

被灯影摇晃的焰火偏离中心，
滑入思绪。记忆的马达叫嚣，
碾磨着边陲白夜一个孤独的灵魂。

南湾疍家小史

一

画框中，一艘十五世纪的远洋帆船静止，
像巨大的铁锚在天空无声地拖滑①。
隐藏的张力使它屏息、回忆，它仍有种渴望：
回到明朝，拾蚝捕鱼，终日漂泊。

动荡的海上世界，浪花翻腾出亿万水母。
冷风纠结于自身，梳理又打乱白发
在水面滑行、呼啸，讲说南湾疍家的故事。

二

海风讲说的历史。渔艇借晚风说话而词不达意，
想说的在沉默中，说出的又非出于本意。
于是浪花，泅泳冠军的无数小队长途奔波
终其一生，只为传递一个讯息。

---

① 出自托马斯·特朗斯特罗姆《尾声》。

但真相迷离：波涛与礁石激辩，浪花从中斡旋，
潮头和地衣互不相让，争取海滩的一方。
水蝎子围观良久，百无聊赖，轻快地离去。
当事人——疍家渔民的水上村庄保持宁静。

三

可能的历史。航海时代，疍家人驱赶浪潮的牧群，
测试风向、潮汐，抛撒渔网：捕捉的雷达区间，
观察落日的角度，以及它铺陈海洋的面具
在经验中规避风险，转舵，返航，一路咸水歌——
讲述某天，满帆的船将一个金子黄昏拖过世界。

哒哒作响的渔船——眼下世界的中心，
航向紧紧扭住舵盘，排下黑色波纹，
在秋日黄昏，为河道描画着分界线。

四

注满阳光的正午，世界在海水中膨胀。
无数光点的船工清洗甲板，打扫
木缝中每一丝咸腥。马达的轰鸣
像柔软的旗杆在风中摇曳，继而
发动渔排：岛屿游动，驶离港口。

船舱风平浪静，孩子熟睡，母亲的形象
深入梦境：头戴笠帽，晾晒鱼干，
在晾衣绳上衣物的阴影里眺望远方。

五

固定在木板上的房屋——疍家棚
她母亲的母亲便生于斯长于斯卒于斯。
她说，石斑鱼已陪伴了她十八个年头。
她说，虽然陆上有房子，但不在海上睡
闻不到海味，便睡不着。

渔排上，巨大的灯泡像列列排扣，每个
都装有海景的微缩模型。船舱里，年迈的祖母
给孙女梳头，时而把歌唱，时而絮叨叨。

鸣沙山

太阳已跌入山隘。
一湖青黑的泉水背负沙山的
巨大阴影，纹丝不动。

楼阁看守着阴郁的泉水
将夕照从额头上抹去。

我们想像楼阁一样看守湖水，
我们是缓慢爬动的蚂蚁
在沙坡上排下蛛丝马迹。

游人滑沙。呼声丈量着坡长。
一个个橡皮人擦拭被沙书写的误解
（被终日涂改的鸣沙山！）
我们把自己点成山头的痣
消解于星月放射的激光。

嵩北森林公园的松涛

三月，松涛翻滚但找不到岸，
彼此紧挨、推动不息的松林丢失了岸。
千里奔波的追寻老于树皮皴裂，
时光的斧子劈出刨花。

阴郁的预感更加深重。
风骑兵——灵魂队列的行走
进入纵深，翻拣松叶的秒针：
一座时间的废墟，在不断的
自我重复中陷入昏睡。

亿万个雨滴的林海降落。
这树木急急奔跑中淋漓的汗滴
以枕藉尸骸丈量满山的林地。

绿色的监狱禁锢着草木众囚，
风骑兵——灵魂队列反抗监禁：
撼动众树，使松林敞向天空
不断听取雷霆的话。

被长久搜寻的海岸边

松涛躬身向前

在走下山崖时陡然站定。

武汉地铁上

黑暗中，孤独穿行的地铁驶向光谷：
光的谷地，多少光聚集在
那里，多少建筑沐浴在光中。

眼前，穿行的过程似乎更加漫长，
与自身角力的武汉话喧嚣不停，
它提示我：此处即生活，
抵达诗意光谷还有很长的路要走。

十字路口

汽车急刹嘶戛，像被追至崖边——绝境。
汹涌的发动机追兵低吼着威胁序曲。

他们静候着一个捕食的指令
去吞没时间那孤寂的岸。

那里，红绿灯提示音绞着未来的命。
穿行的老人惶恐地停留在危险的中途。

松林的禅修

一座松林的孤岛，不可亲近的深寒
因过于自我而拒绝一切。

枯叶——死亡的通牒落满枝杈，
乌鸦在林中播送着丧音，
而它仍在内心的苦修中屏息不动。

它想坐穿大地之牢？囚禁自我的
唯有内心。不断脱落的松果
敲打着寂阒的永恒之钟。

铁　窗

阴郁的日子，锅炉声保持一个频率，
宁寂的正午像找到了自己的生物钟。

小狗在阳台等待阳光。我在床上睡去，
感到身体缓缓地抻开，梦的世界膨胀
像砧板上不断发酵的面团。

一封监禁在小区传达室防盗网中的信
试图越狱，怀揣着涂满激情潦草的字。
我们同站在生活的铁窗前向外张望。

通讯之诗

电话在房间里被拨通，
闪光的信号被太空的黑暗吞咽
——喝着通讯的巨大口腔。

更多的讯息被阳光所捕获。
光斑跳闪的灰黑线缆正在旷野
长时间漫步，沉思，翻山越岭，
活跃的麻雀信号传输着它激烈的思想斗争。

电话那端，大脑的球形荧幕放映着星空
飞速描绘着旋转不息的星图。

音乐会

木笛手走进乐器闪烁的森林
偶尔捕捉到光点像捕获灵感，
但随即放弃那伪装闪光的甲虫。

白头翁一夜白头，纵然小提琴
仍然细密地诉说，岑巴利①
替落叶伤感。松果炸裂——响板宣告破碎。

中场休息的人潮在音乐厅翻卷、扑打，
吞咽着舞台巨大的漂流瓶。
瓶装标本：黝黑潮湿的谱架上
乐谱被光点的白蚁读取。
光柱碾磨着黄昏的深林。

在观众深厚的叶层中，我伸首，
我是根植于泥土的花椒树芽，
向伟大的光顾敬礼。它给予我生命。

冬日蒸煮阳光的天鹅湖复活。

---

① 岑巴利，乌克兰民族乐器，类似于扬琴。

湖面摄取天空，涤荡着
白云的尼龙。云朵堆砌着纺车。

并非天鹅的季节，光斑在湖上跳天鹅之舞，
树木绕着湖泊圆舞，倾洒曼妙的身姿，
枝条摆布——摩弄着光影。
地衣沿树干攀爬，涂抹着绿色。

而河流从不停歇，
以叽咕的腹语念叨着冬日的饥寒。
丛林众籁附和着风的独奏。
数公里之外，更多的树群赶来
林涛在轰响中坍塌。

我在土里蹬跳，像一粒种子发芽
在地表摇曳，躬身，反抗自己，
为一个光明的目的。

电梯中

突然一片漆黑，人群哑然失语
电梯仍然运行在孤寂的大楼里
像一枚血栓，滑动在电梯井的脉管
(危险，紧张，命悬一线)

亿万光年的宇宙深处
我听见，一颗小行星呼啸而过
它是时空深井的电梯
正进行着孤独的时间旅行

春节的站前广场

机械吊臂——指挥棒在暗处挥舞
指挥着一场回乡的凯旋乐。

被行李塑裹的臃肿人影
往入口处聚集，奔跑
像赶往轮回的通道（故乡，那里有新生）。

嘈杂声被反复播放的广播之胃消化。
早餐尚早，取票机已经吐尽车票，
提示音像被蒙在鼓里，显得疲惫。

特警执勤车红蓝灯闪，像无声童年的玩具车
你突然一怔，惊喜得险些叫出声来。

停电后

昏暗房间的窗户上，雾气围捉着光明。
屋外，被风吹动的晾衣绳
试图传导电流，但终归失败。

发黄的门帘被强有力的手
拽成年终的日历。
地面坚硬，以铁石心肠对抗着严寒。

黑皮水管盘缠成颀长的死蛇。
夜壶中，泡沫密集如月上的环形山。

疾风掳掠着茅草，屋顶怒发冲冠
——被误解的偷盗，狗叫声已近沧桑，
而漆黑的房间里，竖起的耳朵
仍在谛听来电瞬间钨丝呲呲的偷笑。

上海南京东路的晚上

旅行团停在三岔路口，
导游手中的旗：疲惫的火焰
向下摆动着告别的绸子。

他们在商场的台阶上
陷入对往事的回忆。
大脑的烤架上煳味愈浓。

眼中骚乱的人流，
雨后街上潮湿的树，
匆匆奔跑，大汗淋漓。

摩天大楼在抬眼中生长，
被照亮的阴云——
快速滑动的脐带缠绕楼宇。

门窗紧闭。每扇窗户
都关有喧嚣的浪潮，只待天明
铺天盖地地汹涌而来。

弃　婴

我的家，巨大而透明的蜂巢，
堆砌它的块垒彼此挤匝，危如累卵。
挽救险境的蛋白质凝胶滴落
从砖石的缝隙，被扯成藕丝。

我寻找着车，以前往北方。
童年是闪烁在夏日田野的白色村庄。
自行车堆里废铁呻吟：
我，保持你记忆中的旧，
这使我对你显得珍贵。

往梦深处游动，往北方的冬野漂移，
时代记忆的碎冰
想拼凑它流落四方的兄弟。

我徒步穿越雪原，高大田垄
夹起的甬道里弹出一个红色抽屉
像弹簧在那儿摇晃。

襁褓中，女婴盯视着我，
呵欠像对无聊长久的嘲讽，

食指伸出，双手攥如蜗牛，
头发——乱云深深陷入旋涡。

她眼中升起阴云，愤怒把心脏烧红，
胸腔里，火烈鸟扑腾欲出。
通透如卵的红色女婴——
我看着眼前的"自我"愈发地出奇。

雨前的花坡

时间停止，云朵屏住呼吸，
怕掉下它阴沉鼓胀的肚囊。
风力发电机的扇叶停作指针，
一座，两座……无数寂静的钟，
草叶轻摇：指针停止前的颤音。

声音在时间之外，什么在唱？
车窗外，绿色山头呼喊、跳跃，
记忆中扇叶巨大的搅动声，
鸣虫抖擞着手铃，轻打节拍，
山路想停住自己惯性的行走。

头顶云翼，我们因视野而高大。
我站着，感受风动，像一座
逐渐成形的塔架，把自己铸进时间。
天际潜行的松林阵缓缓退场
阴云的阵势合拢，大雨倾盆而至。

雨　中

车里，人们因天气而阴郁
人人呆看着窗外，像在回忆前尘
（雨水在玻璃上繁殖菌落）

耳机里，音乐隔绝出一个世界
而视线言不由衷，看前路灯闪
出租车顶，广告字幕滑动如黄丝带

翻腾的水泡——奶头反哺着天空
车轮神性地抛洒，水珠历尽轮回
众伞提着灵魂在路口壅堵、等待

今日之教授生活

——观关山月同题画作

被轰炸暗影笼罩的下午，
思想愈发活跃，从函数曲线的谷底
攀爬。一个优美的弧。

圆形灶台上，铁锅的脑仁里蒸着数集
元素的米粒彼此紧挨
法则充盈周天，谁能捉住此变？

菜篮里，白菜垂髻，涌如云瀑，
众柴张着口嗷嗷待哺
为日渐深重的痛苦呻吟匹配口型。

砍柴刀怀揣着劈柴声的高峰和低谷，
又一个函数——万物皆有所示。
而他口中烟斗仍保持着一个巨大的问号，

袅袅烟气在持续地发问。
柴火棍划地演算，思考的鼓点愈益密匝。
一旁猫咪脊背的轮廓
不时为他展示出美妙变换的函数曲线。

车过戈壁

人语稍歇。萧萧树叶逐渐平息。
火车的绿色巨龙撕破云天，
车身震颤像桌上磕牙的杯盘。

火车擒住轨！呼吸是火焰。①
车轮在铁轨上研磨时光的粉末，
留下白刃，以葆戈壁之新。

火车驶过，大地倾倒。
戈壁上，石头开始滚动，纷纷纵身
跃上枕基的火炕，接受滚烫。

_____

① 出自徐志摩《火车擒住轨》。

木 杈

木杈倒立在黄昏的照壁，翻拣一日
最后的天光，在树叶的密谈中愈益
听到物，在时令中发芽，
在磨损秃滑中形象清晰。

秋虫嘤嘤。黄昏之树抖擞着浑身的金币，
而木杈更加孤独
更加怀念田野的繁忙。
白天勾兑光影如水，夜晚搅动麦香之杯。

大地无声的召唤
使它愈发地孤独，铆钉松动脱出，
劈裂遍布，展露出内心，
在多年后听到年轮急切旋转的声音。

诗人的黄昏

落日将树丛点燃
通红的枪口瞄准东方。
飞鸟以梯云纵①逃闪。

诗人——
喜鹊在树梢上远眺，
大氅垂落。啁啾吟咏。

公鸡凝立着，侧耳谛听
像在回忆往事。而危机四伏，
玉米秆背靠着围墙，枕戈待旦。

烟囱的微型烽燧狼烟翻滚，
被余晖熨展的原野上
回家小队从八方奔袭而至。

---

① 梯云纵，相传为武当派一种至高的轻功。

晚　照

天光暗下来，阳光仍锯着果树。
稀疏站着的残肢断腿
支撑裹着绷带（塑料）耸立的肩。

阳光锯着果树
透过围墙剥蚀那衰老的树皮。
枝叶因疼痛而颤抖。

阳光锯着果树。
黑夜为它们疗伤，给予抚慰
微风中，它们大口喘息，摆渡着夜空。

夜　曲

一排昏黄的路灯——海面浮球——
拼凑出夜的明亮的脊柱。
朝窗户哈气：夜之巨人乐此不疲。

屋里，孩子睡去。冰箱哼吟着运作。
婴儿的餐椅空着，
静待一个君王纵马横缰，俯瞰门庭。

年轻的父母想像雨脚一样低入尘埃，
熄灯后，在黑暗中吞咽着宁寂。
时针每一脚都深陷在时间的泥淖中。

炉　火

风机在铁锅下苦练着开口音闭口音，
苟且的火焰偶尔得以翻身
却仍旧驯服，舔舐着焦黑的锅底。

我吃锅底灰＝我喝墨水＝我满腹经纶，
我把大腹便便的书从白读到黑，
我读黑暗之书，我终日写这黑色著作。

涂写丰饶的锅底，以火舌批驳钢铁。
顾客读着玻璃之书上沐浴的凤凰
亿万次屈曲亿万次昂首亿万次抵抗……

车厢众神

我，社交前线归来的一匹瘸马
身边走过的每个人都像揣有秘密档案。

公交站深陷在人群，好像死去已久。
我们踏上公共汽车像踏上诺亚方舟
虽然车体低吼，像愤怒的公狗。

机器之血染红街巷，行人检阅车队。
暗中潜伏的乘客借着闪光照面，
而更长时间的黑暗中
车厢神殿里坐满了肃寂陌生的众神。

星 夜

夜间无人走动，唯有
心灵提着灯盏将黑夜巡视。

猫推门，堆积如山的玉米
彼此磕碰着牙齿，空咬嘴唇。

轻风翻动着挂钱
阅读年月书写的楔形文字。

远方，车灯爆闪像
宇宙深处绚烂的能量反应堆。
一条被光斑甩亮的地平线。

像是突然出现，满天星斗闪耀，
埃奎明伞状体笼络四野。
夜的水母缓缓地浮动。

巨石之响

我被沙鸥突然的惊叫唤醒，
仿佛一个世纪过去，它仍在河道上空滑翔。

城市并未醒来。河水蒸煮着建筑，
矮房梦游，排着队走下河道——

巨石落水，在旷野可以听到
百光年外太空缓慢噗通的心跳。

波涛之页记载这消亡，盲目梦幻的……
渔人打捞落日像钩沉史海。游人眼见为实？

冰冷将我的身体筑进地面，
我是历史码头一枚呜呜呼哨的空弹壳。

大　寒

取下耳塞，听那言外之意。
地面闪着碎瓷，公交汽车——
杜莎夫人蜡像馆晚间歇业，
橱窗里，人像苍白，色彩剥蚀。

轻盈梦幻的谍战……
打磨灯盏的寒风匠人含沙射影，
抛光机下陷入飞沙的
站牌，光影的刀剑展开决斗。

黑暗使人入迷，枯树枝款款招手
像一种感召。在路人中捕捉意象——
谍报！迎面打来的汽车远光
将我曝光，一片惨白……

在理发店

结束处——分叉的开头
坚硬的黑牛舌舔着他后脑勺

而她，投喂着时间的蜜
嗡嗡声生长成庞大的蜂群

剪刀的银喙啄食着碎发
黑色的圆舞在白色的斗篷上

词与物

它将到来，拥挤的房间腾开地方，
订书机的蹄铁
敲着记忆报到册。

翻过一页。现在是钟，嘈杂的
市声之钟撞击着脑袋，
心灵方寸的拳头挥舞着宇宙
与之对抗。

宁静是诗的处所。喧嚣退潮后
一切开始具有活力，
飘浮起来宣读自身的文件
像圣谕宣示着权力。

笔躺着，躺着，文字获得独立，
黑色的意志力透纸背。
雷霆已歇，电话机温驯地睡卧
碎纸机里，语词的破絮沉淀。

充满谬误的书写！
蓄积阳光的金色矿苗奋力生长。

林间众树拿光影说事，

松柏流淌着甘甜的树脂……

惊蛰的雨

我们驱车赶往大雨深处的家，
一场追逐存在的旅途。
雨滴在车窗上绽开花朵，
思想的暴雨倾泻。

被困在词中的雷霆的话
我们听取，我们背弃，我们书写。
汽车追逐着雨云，
我们在偏离中抵达。

兰州夏日口占

缓慢而艰难的翻身仍在继续
现在是黄经 45°
太阳高傲的目光转移至此
绿的意图正在实现

绿鳍呼扇的黄河巨龙
在夏日的雾霭中摸索着前进
另一条日光焊接的巨龙——
车流在闪光的柏油路上呢喃着爬行

儿童乐园

而你跌入泡沫的海洋
惊叫牵引着高潮,像满月

那被严密看守着的童年之夜
家长们站在那儿,像一圈围栏

而月光的海洋中,肉桂树
挥舞着权杖——
像孩子,君王,骑鲸遨游……

夜雨西湖

雨滴弹奏着屋顶钢琴
波圈的众荷遂在湖面上绽放

湖滨木屋收集着波纹——
水波博物馆里嘴唇扑闪、言说不休

雨线提着一池墨毯
水面蝈沸，量子扰动多维时空

树冠的蘑菇云在光中膨胀
明亮如深邃宇宙中的座座星云

拂晓兰州

城市灯火斑斓、微物潜行
公交车站，乘客被车门吞吃

等待活计的摩托车司机
烟头在黑暗中明灭、闪动

牛肉面馆辉煌，为第一锅汤
人们愿意等，这盛大日常的开端

清洁工隐匿在暗处，他们肩头
警示灯闪，饶舌的光焰感到孤独

这是等待中寂落的人世
而蓝色星球翻滚、咆哮
燃烧的地平线猛然被风吹灭

寒 枝

冬天去远，梧桐树叶仍在枝杈，
棕色的纸鹤挂满一树，
大风中它们聒噪，争论不休。

微风轻拂，某个难以发觉的方位
发出扑拉拉的声音。
一只嗑天空的啄木鸟。

它知道病灶在哪。
暴怒的阴云在天际翻滚
雨水使昏暗的下午亮如薄翼。

晚餐窗口的灯光亮起，
我们在餐桌前围坐、谈论，
语词的火焰烧着寒枝……

从航站楼光点斑斓的眼瞳里

繁忙的机场
钢铁巨鸟交换着影子。
飞禽舞池。

一架巨大的铧犁
被大地放飞
它又一次获得天空。

灯火，夜的红色溃疡。
机舱中辗转反侧的人
正在咀嚼着乡愁。

着陆的钢铁巨鸟
排下旅客明亮的卵。

舱门卸载着旅客，
登机梯的进度条中人影滚动。

轰隆声阵阵作响，
上帝推着餐车在那里来回走动。

长沙 2074

——给德胜、多勤兄

大雾中迷失的楼群

迷失的我们，

埋伏的红灯突然跳出来剪径。

我们危坐，车在浮桥上战栗，

湘江一片乌黑

仅余那想象中的模样。

浓雾的魔术师随物赋形

凿空未走之路。

夜色搅动，浓雾的舌头舔着车窗。

我们蜷缩得更紧

像是在昏暗的矿道中行进，

灯光得先穿透烟尘。

我们把自己压进声带，

在旅行者 2 号狭小的储存舱内

静待时机以说些什么。

咯噔噔噔噔噔……

深空带电粒子流的一记突袭，
汽车已驶上了振荡标线。

迸溅

树叶被灯光照透
金箔微微颤动
我陷入光轮旋转的晕眩

路人的纸片拍打过来
我速读我疾走，追踪
前面更多起伏的小黑松塔

强打精神，趿拉着鞋子
灵魂被盲道硌着
语词弹跳，我写这迸溅之诗

满地的枯蝶泊在绿茵的机场
光影的碾子碾着
灯火人间低低地趴伏忍着

大雪之城

灼热的眼睛快要燃烧起来
为这目不暇接的繁华。
眼球储存器被飞快的图像流冲刷
震荡，削弱，视网膜脱落。

飞雪消防队纷至沓来
以原始的扑救方式反现代。
城市被霰粒埋葬。雪霁后
我们将重新发掘这宏大的古迹。

科技园宾馆

宾馆冰冷似风洞
扇叶搅动着夜的糖浆
抽吸着我的灵魂

一座奇特的建筑
梦的柱形大厦
电梯反复运送着同一波旅客

天井中被冲散的人声
砰砰作响难以关闭的门
像无数的人出来进去

灯光下我摆弄着自己的影子
将它拉长、压扁
又投落成一个个黑点

雨歇之后

错杂的潦水被劈开的声音
雨滴穿林打叶的声音

我被关在一座声音的笼子里
栏杆萧疏却无法逾越

焦黑的树干像从火中余生
透露出严肃死亡的气息

暮色中，孤鸟疲惫地扇着翅膀
充满了难以返巢的绝望

在京杭运河边

货船鼾声轰隆
缓缓划过
乌黑的船体
布满水流尖利的划痕
年迈的伙计
转眼已钻入拱宸桥的阴影

散碎的波纹
梦的陆离的镜像跳跃
探头入河的梧桐枝
绒绒似上眼睑
随风扑扇、眨动

一艘狭长的货船驶过
无望的浮木
载满未知的命运
危险地半沉在浑浊的河道
借拐弯之力甩一道悬念

水波涤荡着石堤
石缝中腌出青苔

停泊在河畔的红色驳船

静待着主人归来

他去白墙乌瓦的巷弄间打酒

石桥侧看宛如一座牌坊

货轮从桥拱下穿行

行人在桥面上擦肩而过

他们小心地走着

像走在名誉的肩膀上

这雨天暮色下黢黑的剪影

孕婴店中

一

暖风轻轻地吹着我
头发爹起像是在抵抗
但结果其实相反
我变得柔软，逐渐熔化
——蜡像面目全非

音乐低沉，使人昏昏欲睡
轰隆之声鼓动着物
它们欢欣跳跃；捶击着物
使其自身愈发地在场

二

孩子们兀自玩耍，对我并不理睬
玻璃门外，那双探视的眼
暗中观瞧像是来自平行宇宙

悬挂的独角兽玩偶双目紧闭

梦见自己飞升，掣电
奔驰在秋季绚烂的北天区

缓　慢

冷峻的黄昏中万物匆忙，
河水紧张地咽着卵石，
鞭炮炸响使年关空洞更甚。

一切焦躁而紧迫，像临近
重大节日或世纪末，
人人感受着严重的氛围。

公交车哼叫，费劲地爬坡。
车站路灯下更加密集的人影
像雨点聚集，繁殖菌落。

饭馆前络绎不绝的客人，
夜市间更加热情的招徕，
父母更紧迫的催促。是时候回家了！

一天的嬉戏行将结束，
散漫自由的时光已经过去，
"现在"严肃而郑重——

心跳将时间敲入存在危机。

蝙蝠用阴影测量着大地，
严重的预感给生命以测度。

时间紧迫，夜色席卷，
何人何物能够逃脱？

被家长追撵回家的孩子
正坐在夜空下的亮窗前
面对着琥珀色的流体宇宙。

硕大绚烂的星球停在窗外
使堕入弯曲时空的他
处于恒久的缓慢当中。

航　行

剧烈的颠簸让我们心弦紧绷
紧绷，然后松开。心的虚晃。
机翼——窗户的黄金分割。
我们安静。紧张使语词错乱。
一束乱语的子弹
会因更加剧烈的颠簸而走火。

打开遮光板，看外面阔大的虚无，
无确实在那儿。闭上眼睑，
看仍在那儿，看带着眼瞳。
看看拳头大的脑仁吧!
我带了一本又肥又厚的书，
言辞扑闪的美丽世界将被打开。

青海湖

一

在高原，天空与我愈发亲近
大块云朵触手可及
变幻的云影
往来于头顶上方
好像历史的转场。
而披蓑衣的藏山羊慢吞吞
低头吃草，不问前路。
芨芨草猬集，像在密语
或许它们已看破天机
如绿色的刺猬围作一团
商议如何应对一场狂怒的暴雨。

二

阴云更加郁积
天空则一吐为快，忙于倾倒
巨大的灌浆漏斗
将山头浇筑得铁青。

密集的霰粒搅扰

天地的界线难以分辨。

山坳中，白雾蒸煮

黑云的笼罩下

山峦已沉积煤化为珍贵的矿藏。

三

湛蓝的湖水自天际铺展

巨大的陛阶石上祥云飘荡

静候君临之御辇。

微风放牧着波纹的羊群。

天际，白云涌起

堆叠出佛国的菩萨罗汉。

这白云的万佛殿里

金刚怒目，菩萨睨视

佛陀拈花一笑，缓缓阅遍众生。

四

水面澹澹透露出微渺的心绪。

湖水沉碧，波澜不惊

而水的尽头白云涌起

堆积如雪，奔腾不羁。

海鸥哑然一声失笑

振翅而去，在湖面继续巡航。

牦牛俯卧在草丛中

看守着湖水，眼瞳中

泛着袅袅的余波

对这多情的人世它常热泪满眶。

图书在版编目（CIP）数据

劳作圆环 / 李越著. -- 武汉：长江文艺出版社，
2024.6
（第 39 届青春诗会诗丛）
ISBN 978-7-5702-3456-1

Ⅰ. ①劳… Ⅱ. ①李… Ⅲ. ①诗集－中国－当代
Ⅳ. ①I227

中国国家版本馆 CIP 数据核字（2024）第 028232 号

劳作圆环
LAO ZUO YUAN HUAN

特约编辑：丁　鹏

责任编辑：王成晨　石　忆　　　责任校对：毛季慧

封面设计：璞　闾　　　　　　　责任印制：邱　莉　王光兴

出版：长江出版传媒　长江文艺出版社

地址：武汉市雄楚大街 268 号　　　邮编：430070

发行：长江文艺出版社

http://www.cjlap.com

印刷：湖北恒泰印务有限公司

开本：880 毫米×1230 毫米　　1/32　　印张：5.25

版次：2024 年 6 月第 1 版　　　2024 年 6 月第 1 次印刷

行数：2280 行

定价：52.00 元

版权所有，盗版必究（举报电话：027—87679308　　87679310）
（图书出现印装问题，本社负责调换）